KB077440

COOKIERUN

쿠키런, 용기를 구워줄게!

권글 지음

21세기북스

우리의 인생이 매 순간
아름답게 빛나지는 않아.

일상은 실수와 연속이며
때론 뜻하지 않은 고난과 역경으로
절망감에 빠져 좌절하고 무너져
캄캄한 어둠에 갇혀버리기도 하지.

하지만 그런 순간이 찾아온다면
당신이 꼭 이겨냈으면 좋겠어.

깊은 어둠일수록 별은
더 밝게 빛나는 법이니까.

이 용기의 조각들이
당신의 삶에도 별이 되어
밝게 빛나기를 바라며.

2023년 10월

권글

차례

프롤로그 · 004

용감한 쿠키와 친구들 · 014

하나.
나만의 매력으로
당당한 쿠키가 될 거야

운명은 결국 스스로 정해가는 거야 · 023

변화는 자신을 믿는 것에서 시작돼 · 025

눈보라도 폭풍도 모두 과정일 뿐이니 · 027

실패는 끝이 아닌 새로운 시작이니까 · 029

가끔은 헤매는 것도 도움이 될 테니 · 031

모든 사람을 설득할 필요는 없어 · 033
나는 멋지고 빛나고 사랑스러워 · 035
작은 별이 내 마음에 빛나고 있다 · 037
하찮은 인생이란 없어 · 040
당신의 용기가 변치 않기를 · 042
있는 그대로 인정할 수 있는 용기 · 045
지칠 땐 잠시 쉬어가도 괜찮아 · 047
나를 먼저 사랑해주기 · 049
스스로를 존중하는 연습 · 051
인생은 한 번뿐이다 · 054

둘.
너의 노력이
빛나는 순간이 올 거야

당신은 별처럼 빛나 · 061

저마다 삶이 꽃피우는 계절이 달라요 · 063

잠시 무너져도 괜찮아요 · 066

그냥, 있는 그대로 · 068

모든 사람과 잘 지낼 필요는 없어 · 070

당신이 자랑스러워 · 072

하루 하나씩 당신에게 권하는 글 · 074

같은 곳을 보고 함께 걷는다는 것 · 080
주도적인 삶이 주는 효과 · 082
과감하게 포기하는 것도 용기야 · 084
나를 위한 시간 · 086
다정한 그 마음이 변치 않기를 · 088
따뜻한 말 한마디 · 091
삶의 의미 · 093

함께하기 위해 필요한 것들 · 099

너무 힘내려고 하지 마 · 101

힘들 땐 사랑하는 사람을 떠올려봐 · 103

함께라면 더 멀리 갈 수 있어 · 104

모두에게 좋은 사람이 될 필요는 없어 · 106

사랑한다고 말해요 · 108

우리가 만난 이유가 있겠지 · 111

진심으로 응원해주는 사람 · 113

내 용기를 지켜줘서 고마워 · 115

이제는 내가 당신을 지켜줄게요 · 117

너를 만나 나는 참 행복해 · 119

당신의 의미 · 120

넓은 인간관계가 불편할 때 · 122

당신의 선택은 틀리지 않았다 · 125

넷.
작은 용기만 있다면 뭐든 해낼 수 있어

작은 용기가 모여 변화를 만들어 · 131

나는 당신의 꿈을 응원합니다 · 132

포기가 쉬운 당신에게 · 134

가슴이 뛰는 일을 해보자 · 137

결말은 해피엔딩이니까 · 139

일단은 해보는 거야 · 140

내일의 나는 더 빛날 테니까 · 142

너와 함께하고 싶어 · 144

당신의 한 걸음 · 146
내 마음이 다치지 않기 위한 노력 · 148
당신의 봄 · 150
멋진 어른이 아니어도 좋아 · 151
다가올 행복을 위해 · 154
충분히 잘하고 있어요 · 157
조금 서툰 삶이라도 괜찮다 · 160

부록. 한 조각의 위로 · 163
에필로그 · 182

용감한 쿠키와 친구들

용감한 쿠키

맨 처음 탈출을 감행한 용감한 쿠키. 마녀의 오븐 속에서 구워지고 있던 쿠키가 어떻게 해서 생명을 얻게 되었는지 알려져 있지 않다. 아마도 쿠키를 만들던 마녀가 생강가루와 생명을 주는 마법가루를 혼동했던 것 아닐까?

음유시인맛 쿠키

'칼보다 펜보다 강한 건 사랑과 평화의 노래'라고 주장하는 아주 부드러운 쿠키. 실제로 아름다운 시와 멜로디가 담긴 노래만으로 누구보다 강력한 힘을 발휘한다.

양파맛 쿠키

양파 껍질을 통째로 쓰고 있어 옆에만 가도 눈이 따가워지는 쿠키. 흘려도 흘려도 눈물을 계속 흘리는 이유는 한번 울기 시작하면, 양파즙이 포함된 눈물 때문에 눈이 따가워 더 울게 되어서라고 한다.

블랙베리맛 쿠키

매사에 무심할 것만 같은 시무룩한 표정에도 불구하고 그렇게 친절하고 성실할 수 없는 반전의 맛. 혼자서도 마치 여럿이서 해치운 것 같은 대단한 능력을 보여준다. 양파맛 쿠키와 신뢰의 관계에 있다.

허브맛 쿠키

초록의 싱그러움과 따뜻함을 가지고 있어 함께 있으면 마음이 편안해지는 허브맛 쿠키. 세상의 모든 생명과 매 순간이 소중하다고 생각하는 쿠키.

딸기맛 쿠키

부끄러움이 많아 좋은 점이 있다면 달콤한 딸기향이 쉽게 날아가지 않는다는 것. 하지만 젤리들을 녹여 딸기젤리로 만들 정도로 달콤상큼한 향이니 자신감을 가지기를!

파르페맛 쿠키

화려하고 달콤한 토핑을 뿌리고 데뷔한 싱어송라이터 쿠키! 초콜릿, 사탕, 과자를 하나하나 쌓고 그 위에 또 시럽을 뿌려 흘러내리게 만드는 것은 이 쿠키만의 독보적인 콘셉트이다. 알록달록 다양한 맛의 토핑처럼 여러 가지 개성 있는 멜로디를 만들지만, 사실은 그 아래 깔린 하얀 아이스크림처럼 솔직한 마음을 노래한다.

감초맛 쿠키

씹으면 씹을수록 검게 물들어버리는 감초에 푹 절여 만든 쿠키. 어려서부터 마법사의 제자가 되고 싶어 했지만 인정받지 못하자 금지된 흑마법에 손을 대고 말았다. 늘 어딘지 모르게 비열한 웃음을 지으며 킥킥댄다.

라떼맛 쿠키

쓰디 쓴 커피와 달콤한 우유가 섞여 걱정도 녹일 만큼 깊고 부드러운 쿠키. 아름다운 라떼 마법진을 만드는데, 시시각각 변하는 문양에 넋을 놓고 있다간 마법에 걸려들지도 모른다.

다크초코 쿠키

한때는 영웅이 되겠다는 일념 하에 겁없이 암흑의 세계로 모험을 떠났다. 먹구름과 천둥 번개를 몰고 다니며 모두의 두려움의 대상이 되어버린 비운의 쿠키.

우유맛 쿠키

우윳빛 섬광이 비추는 곳에 오직 평화가 가득하리라! 하늘의 가르침대로 어둠으로부터 세상을 수호하는 우유맛 쿠키. 하염없이 짙은 암흑과 맞서면서도 어둠의 얼룩 하나 묻지 않은 깨끗함과 고결함을 유지한다.

슈크림맛 쿠키

생크림을 가득 얹어 보기만 해도 달콤하고 기분 좋아지는 쿠키. 어딘가 모르게 어리숙해서 항상 마음을 놓을 수 없는 철부지지만, 다듬어지지 않은 잠재력이 어마어마한 것 같다.

연금술사맛 쿠키

깐깐한 모범생 연금술사맛 쿠키는 실력이 뒷받침하는 자신감을 가지고 있다. 진리를 찾을 수 있는 곳이라면 어디든 찾아나서고, 한번 시작한 연구는 성공할 때까지 꼭 해내고야 마는 근성의 쿠키다.

하나.
나만의 매력으로
당당한 쿠키가 될 거야

뭘 망설여? 너에게 지금 필요한 건 한 발짝을 떼는 용기야!

운명은 결국 스스로 정해가는 거야

살아가다 보면 내 의지와 상관없이
누군가에 의해 삶이 결정되는 경우가 있다.

처음에는 괜찮을지도 모른다.
어쩌면 마음은 더 편할지도 모른다.

그렇게 살아가는 데 익숙해져
그게 나의 삶이라고 생각하게 된다.
결과 또한 나쁘지 않으니까
더욱 순응하고 그저 그렇게 살아간다.

그러다 어느 순간 갑자기 멈춘 채
스스로에게 이런 질문을 던져 본다.

이게 진짜로 내가 원하던 삶인가?

누군가의 선택으로 만들어진 삶은
큰 위기가 오면 무너지기 마련이다.
명확한 목표도 삶의 중심도 없기에
더 쉽게 무너져 내릴 수 있다.

소중한 당신의 삶을 지키기 위해서라도
이제는 선택해야 할 시간이다.

삶이란 모험은 스스로 앞으로 다가올 시간을 결정하고
그 결정을 책임질 수 있을 때 비로소 시작된다.

지금이야, 가자.

변화는 자신을 믿는 것에서 시작돼

변화는 자신을 믿는 것에서 시작돼.

타인은 쉽게 믿고 따르면서
정작 자기 자신은 믿지 못하거든.

아직 시작도 하기 전에
일어나지도 않은 일들까지
신경 쓰지 마.

자전거를 처음 배울 때
부모님께 모든 것을 맡긴 채
페달을 굴리던 그때처럼
스스로를 믿어 보는 거야.

아직까지 경험하지 못한
낯섦이 가져다준 그 두려움을
이제는 이겨내보는 거야.

당신의 작은 용기가
놀라운 삶의 변화를 가져다줄 테니.

한번 용기를 내보는 거야.

눈보라도 폭풍도 모두 과정일 뿐이니

영원할 것 같았던 사랑도 끝이 나면
다시금 새로운 사랑이 찾아오듯
영원할 것 같았던 어둠이 지나고 나면
다시 또 해가 뜨기 마련이야.

뭐든 영원한 것은 없으며
당신이 경험하고 있는 고난도
언젠가는 반드시 지나갈 거야.

눈보라와 폭풍이 몰아쳐
잠시 피해를 입더라도
결국에는 일상으로 돌아가고

비가 갠 하늘이 더 맑은 것처럼

지금 당신의 삶에 머물고 있는
어둠의 시간이 지나가고 나면
맑은 하늘을 볼 수 있을 거야.

다시 찾아올 그날을 위해
우리 더 용감하게
힘든 시기를 이겨내보자.

오늘의 이야기는
멋진 노래가 될 거야!

실패는 끝이 아닌 새로운 시작이니까

실패를 너무 두려워할 필요 없어.

실패한다고 세상이 무너지진 않아.
다만 내가 더욱 성장하는 과정일 뿐.

뜻대로 되지 않기에 인생이고
사람이기에 누구든 실패할 수 있는 거니까.

삶이 너무 버거워 쓰러진대도
스스로를 너무 자책하지 마.

계속해서 실패를 반복하더라도
끝까지 포기하지 않았으면 해.
포기하지 않는다면
반드시 길이 보일 테니까.

실패를 두려워하지 않고
계속해서 도전할 수 있다면
이전에는 예상치 못했던
새로운 시작으로 이어질 테니까.

가끔은 헤매는 것도
도움이 될 테니

만약 삶에서 길을 잃게 된다면
가끔은 자유롭게 헤매도 좋아.
헤매는 동안 만나게 된 경험이
언젠가는 큰 도움을 줄 테니까.

길을 잃어 정신없이 헤매다 보면
삶은 가끔 내가 전혀 예상하지 못했던
새로운 방향으로 이끌어 설렘을 주곤 해.

정신없이 헤매다 보니 목적지에 도착하는가 하면
길이라고 믿었던 곳이 막다른 길이 되기도 해.

인생에서 의미 없는 시간은 없고
또 따로 정답이 정해져 있지도 않아.

결국에는 그 모든 경험이
앞으로 살아갈 삶이란 여행에
멋진 지도가 되어줄 거야.

모든 사람을 설득할 필요는 없어

삶의 주인은
그 누구도 아닌 바로 당신이야.

애써 당신의 삶을
다른 누군가에게 설득할 필요 없어.

세상의 눈치를 보지 않고
스스로의 삶에 확신을 가지고
앞으로 나아가는 거야.

지금 정말로 필요한 것은
앞으로 다가올 많은 시련에도
쉽게 꺾이지 않는 신념이야.

그렇게 하나씩 쌓아가다 보면
설득하기 위해 노력하지 않더라도
당신을 있는 그대로 인정해주는
순간이 반드시 찾아올 거야.

남 눈치를 보며
시간을 낭비하고 살기에는
우리 인생은 너무나 짧아.

세상 그 어떤 것보다
더 소중한 당신의 삶을 위해서
이제는 한걸음 나아가는 거야.

나는 멋지고 빛나고 사랑스러워

나는 참 괜찮은 사람이야.

가끔은 마음과는 다르게
부족한 모습을 발견하고
실망하기도 하지만

어설픈 모습도
그런대로 인간미 넘치고
봐줄 만한 것 같아.

시간이 흐르면 나무에
나이테가 하나씩 생겨나듯
나는 조금씩 성장하고 있어.

앞으로 다가올
하루하루가 너무나 기대돼.
내일은 더 빛나게 될
나의 모습도 너무나 기대돼.

나는 멋지고 빛나!
그리고 사랑스러워.

오늘 나 좀 멋진데?

작은 별이 내 마음에 빛나고 있다

유난히 삶이 외로워질 땐
밤하늘을 바라보곤 한다.

지치지도 쉬지도 않고
캄캄한 밤을 비춰주는 별들.

많은 별 중에
유독 빛나는 별 하나가
나에게 말을 건넨다.

"오늘 하루는 어땠어?"

별거 아닌 사소한 인사에
나는 감동받는다.

그리고 그 별이
내 마음에 들어온다.

마음에 들어온 별이
나에게서 빛나기 시작한다.

별의 마음을 담아
나도 빛을 내기 시작한다.

빛나는 별을 담은 내 마음은
이제 외로움이 사라졌다.

그리고 꿈이 하나 생겼다.

'반짝반짝 세상을 비추는
빛나는 별이 될 거야.'

하찮은 인생이란 없어

하찮은 인생이란 없고
인간은 존재 그 자체로
존중받아야 해.

그러니 누구도 당신의 인생을
대신 평가하거나 무시할 수 없어.

사람은 모두 다르고,
다르기 때문에
서로를 존중해야 해.

혹시 당신을 잘 모르는 누군가가
당신의 삶을 평가하려고 한다면

무시하고 더 이상 신경 쓰지 마.

스쳐지나가는 사람의 말에 흔들리기엔
우리의 인생은 너무나 짧으니
무시하고 당당히 너의 길을 가도록 해.

당신의 용기가
변치 않기를

오늘도 최선을 다하는
당신의 모습에 감동받는다.

마음처럼 되지 않는 현실에
포기하고 싶을 만도 한데
주눅 들지 않고 당당히 살아가는 당신이
유난히 멋져 보인다.

쉽게 변하지 않는 인생이
당신의 마음을 어지럽혀도
굳센 마음은 쉽게 변하지 말기를.

현실에 굴복하지 않고
어떻게든 살아가려는
당신의 용기 있는 모습이
누군가의 인생에
더 큰 변화를 가져다줄 거야.

그리고 언젠가
지금까지의 노력이 모여
별처럼 빛나는 순간이 찾아올 거야.

있는 그대로 인정할 수 있는 용기

진짜로 용기 있는 사람은
스스로의 부족함을 인정할 수 있어야 해.

현실을 피해 숨어버린다면
당장은 괜찮을지 몰라도
결국 달라지는 것은 없어.

어차피 남들과 비교해봐야
현실에서 바뀌는 것은 없고
그냥 나대로 살아가는 것이니까.

대신 나의 부족함을 인정한다면
변화하기 위해 노력했으면 해.

내일 더 멋져질 나의 모습을
상상해보는 거야.

하루하루 더 성장하다 보면
잃었던 자존감도 회복되고
매일 변화하는 나를 만나
가슴 설레는 행복한 삶을 살게 될 거야.

지칠 땐 잠시 쉬어가도 괜찮아

유난히도 고생했을 당신이
이제 잠시 쉬어갔으면 좋겠어요.

되돌아볼 시간도 없을 텐데
휴식을 하고 마음을 추스르세요.

휴식은 되돌아가는 것이 아니고
더 멀리 가기 위한 준비니까요.

지금까지 힘들게 버텨왔을
당신에 몸과 마음에도 선물이 필요해요.

그러니 지칠 땐 잠시 쉬어가도 괜찮아요.

쉼표가 마침표가 아니듯
쉬어가는 것이 멈추는 것은 아닐 테니까요.

나를 먼저 사랑해주기

"사랑해"라는 말은 참 다정하지만
"사랑해"라는 말처럼 어려운 말도 없어요.

마음을 표현하는 것이 서툴러
사랑하는 사람에게 말하지 못하고
뒤늦게 후회하곤 하죠.

사랑한다는 말이 어렵다면
먼저 자신에게 사랑한다고 말해보세요.

처음에는 어색할지 몰라도
자기 자신을 사랑할 수 있다면
세상이 달라 보일 거예요.

누군가를 온전히 사랑하기 위해서는
먼저 자신을 사랑하는 연습이 필요해요.

그리고 사랑이라는 감정과 표현이 익숙해졌다면
사랑하는 사람에게 더 자주 이야기해도 좋아요.

사랑해.
사랑해.
그리고 사랑해.

사소한 이야기란 없어.
작은 이야기가 모여
장대한 시가 되는걸.

우리는 스스로가 만든 기준이 아닌
세상이 정해준 기준에 맞춰 살아가고 있다.

그 누구도 그게 정답이라고 정한 적은 없지만
자연스레 그게 답이라고 생각하며 살아간다.

그리고 그 정답에 따라서
타인을 최대한 거스르지 않아야
좋은 사람이라고 생각한다.

만약에라도 기준에 미치지 못한다면
나쁜 사람이 되어버리기도 한다.

나를 위해서가 아닌
타인에 의해서 결정지어지는 삶

이제는 삶의 주도권을 바꿀 필요가 있다.

타인이 아닌 나 스스로 결정할 수 있는 삶,

남들이 정한 좋은 사람이 되는 것이 아니라
있는 그대로의 나를 존중해주는 연습.

애써 누군가에게 잘 보이려고 노력하지 않아도
타인의 기준에 맞추려고 노력하지 않아도
이미 당신은 충분히 괜찮은 사람이다.

세상이라는 틀 안에 갇혀서
자신을 괴롭히지 말자.

있는 그대로의 나를 존중받고 사랑받을 수 있을 때
있는 그대로의 누군가를 이해하고
사랑하는 법을 배울 수 있을 것이다.

당신의 삶을 더 사랑하고
다른 누군가도 사랑할 수 있기를 바란다.

인생은 한 번뿐이다

우리가 살아가고 있는
지금이란 시간은
아무리 노력해도 다시 돌아오지 않아.

지나고 나서 후회하지 말고
현재를 살기 위해 최선을 다하자.

오롯이 자신만을 생각하고
살아가기에도 부족한 시간,

인생은 한 번뿐이다.

남 눈치 보는 것은 잠시 미루고
이제는 조금 더 적극적으로
자신만의 삶을 만들어가야 한다.

한 번뿐인 소중한 인생을 위해
아낌없이 행복하고
아낌없이 살아가도록 하자.

둘.
너의 노력이
빛나는 순간이 올 거야

흔들리지 않고 피는 꽃이 없듯,
꺾이지 않고 이루어지는 꿈은 없어.

당신은 별처럼 빛나

세상은 알록달록 빛을 잃은 채
삭막한 회색으로 물들어 가고 있다.

주변을 둘러볼 여유조차 없이
바쁘게 흘러가는 시간 속에서

점차 사라져가는 인생의 빛깔.

오늘도 다른 사람을 지키기 위해
자신을 희생하는 당신의 열정은
유난히 더 빛이 난다.

그 작은 노력이 모여
세상을 움직일 수 있는 힘을 만들고

당신이 지켜냈던 그 소중한 시간은
앞으로 더 많은 사람에게 희망이 되어
더 밝고 아름다운 별처럼 빛날 것이다.

저마다 삶이 꽃피우는 계절이 달라요

꽃이 피어나는 시기가 다르듯
우리의 삶 역시 피어나는 시기가 달라요.

그러니 주변과 비교하며 스스로를
자신이 초라하다 느끼지 말았으면 해요.

때로는 누군가의 삶이 대단해 보이고
그 사람과 비교하면 할수록
작아지는 느낌이 들어
자책하고 슬퍼할 수 있겠죠.

그럴 땐 기준을 타인이 아닌
자신에게로 가져와보세요.

어제보다 오늘이 더 나아질 수 있다면
조금이라도 성장하고 있는 삶이라면
그런대로 잘살고 있는 것이니

지금까지 어두웠던 삶이라도
그 누구보다 더 아름답게 피어날 수 있으니

그냥 하루하루 자신을 사랑하고
언젠가 피어날 그날을 생각하며,
지금의 삶이 더 행복할 수 있도록
노력하며 살아가길 바라요.

잠시 무너져도 괜찮아요

그동안 많이 힘들었잖아요.

말하지 않아도
그냥 보면 알 수 있어요.

당신의 표정
당신의 말투

가끔 너무 힘들다고 느낄 땐
그냥 솔직히 털어놓아도 괜찮아요.

힘들다는 말을 하면 내가 무너질 거 같지만
막상 솔직하게 터놓고 얘기하면
오히려 마음은 가벼워질 수 있답니다.

사람은 누구나 약한 모습이 가지고 있고
힘들면 누구든 무너질 수 있답니다.

다시금 나아질 그날을 생각하며
지금은 잠시 무너져도 괜찮아요.

그러니, 힘들 땐 힘들다고
솔직하게 말해도 괜찮아요.

그냥 있는 그대로

특별하게 할 것이 없어도
특별한 일이 생기지 않더라도

그냥, 있는 그대로 괜찮다.

지금 느끼는 일상의 지루함이
우연히 특별한 순간과 만나면
더 큰 감정의 변화를 느끼며
당신에게 행복을 줄 테니까.

익숙했던 골목을 거닐다 보면
문득 그날의 기억이 떠오르곤 해.

이제는 기억 너머 하나의 점이지만
지금까지 그 점들이 모여 선이 되었고
그 선은 나에게 길이 되었으니

그냥, 있는 그대로 괜찮다.

모든 사람과 잘 지낼 필요는 없어

살면서 만나는 모든 사람과
잘 지내려고 노력할 필요는 없다.

살다 보면 당신과 정말 잘 맞는 사람도
잘 맞지 않는 사람도 있을 것이다.

잘 맞지 않는 사람과
계속해서 시간을 보내다 보면
서로에게 독이 되고 지치기 마련이다.

단지 서로 다른 것뿐이니까
크게 신경 쓰지 않아도 괜찮다.

어차피 떠나갈 인연이라면
어떻게든 떠나가기 마련이다.

기회가 찾아오면 최선을 다하고
떠나간다면 미련없이 놓아주어라.

인연이라면 언제든 다시 찾아올 테니
떠나가는 사람에게는 집착하지 말고
지금 곁에 있는 사람에게 최선을 다할 수 있기를.

당신이 자랑스러워

지금까지 버티느라
정말 고생 많았어.

많이 힘들었을 텐데
그래도 꾹 참고
여기까지 왔구나.

그런 당신이
나는 너무나 자랑스러워.

잘 이겨내 줘서 고맙고
'참 잘했다'고 말해주고 싶어.

앞으로는 내가 함께할게.

당신이 힘들 때면 기댈 수 있도록
슬플 때면 함께 울어줄 수 있도록

더 이상 외로움이 깊어지지 않게
내가 당신의 손을 잡아줄게.

좋은 소식이 찾아올 것
같은 날씨더라고~

열아홉 살의 나는
의도치 않게 영화나 드라마 속
주인공의 삶을 살아가게 되었다.

그저 열심히 살았을 뿐인데
갑자기 삶의 주도권이 사라져버렸고
암이라는 깊은 어둠 속에서 싸우며
살기 위해 하루하루를 발버둥을 치는 게 전부였다.

그 갑작스러운 변화가
삶에 준 영향은 생각보다 더 컸다.

20대 시절의 대부분은
나 자신과 타인 앞에서
암 투병을 했던 흔적을 지우기 위해
보통 사람처럼 보이기 위해 무던히 노력했다.

죽음이 가까워지는 순간에는
처절하게 살고자 했는데
막상 퇴원하고 일상으로 돌아와서는
투병 전의 내 모습이 전혀 떠오르지 않아
오히려 죽고 싶었던 적도 있었다.

너무나 외롭고 끔찍했던 순간에
인생을 원망하고 절망도 많이 했지만
시간이 흘러 잘 이겨내고 나니

지금은 남들이 쉽게 경험하지 못하는
그 십여 년의 시간에 감사하게 되었다.

남들과는 조금 다른 나의 삶을 인정하고
나 자신을 위로하기 위해
처음으로 글을 쓰기 시작했다.

그리고 이제 내 글은 삶의 일부가 되어
주변 사람들에게도 희망을 주곤 한다.

처음부터 현실을 받아들이는 게
마냥 쉽지만은 않았지만
애써 상처를 숨기려 하지 않고
있는 그대로의 모습을 받아들이다 보니
귀한 행복이 찾아왔다.

아직 나는 유명한 작가도 아니고
가야 할 길이 멀게만 느껴지지만
있는 그대로의 지금 내 모습도
썩 괜찮다는 생각을 한다.

사람이기에, 사람이니까
때때로 불안한 감정이 들고
하루에도 몇 번이고 위기가
찾아올 때도 있지만

이제는 노력이 담긴 삶이,
남들이 경험하지 못한 삶이,
있는 그대로 참 좋다.

같은 곳을 보고 함께 걷는다는 것

같은 곳을 보고
함께 걸어갈 수 있는 사람이 있다.

애써 말하지 않아도
충분히 나를 이해해주는 사람

그런 사람과 함께하는 인생은
너무나 낭만적이고 아름답다.

힘들었던 하루
당신과 함께하는 잠깐의 시간이
나에게는 최고의 기쁨이다.

지금까지 함께였지만
여전히 함께하고 있고
앞으로도 함께하고 싶다.

당신과 함께하는 이 시간이
앞으로도 내 삶에 머물렀으면 좋겠다.

주도적인 삶이 주는 효과

타인이 인생을 결정짓도록 만들지 마세요.

그 누구도 당신의 삶을 정의할 권리는 없어요.
그러니 조금을 힘들더라도 앞으로는
스스로 선택할 수 환경을 만들어보세요.

어린 시절에는 집이나 학교에서
알려준 대로 따라가는 것이 익숙해서
사실 주도적인 삶이 쉽지 않을 수 있어요.

하지만 살아보니
인생은 누군가의 가르침을 배우기 것보다
스스로 경험하며 깨닫는 것이
때로는 더 많은 배움을 주기도 해요.

물론 처음에는 스스로 결정하고
그 결정에 책임을 지며 살아가는 게
조금은 힘들고 어려울 수 있겠지만

실수와 서투름을 반복하고
그에 대한 답을 하나씩 찾다 보면
분명 당신만의 방법을 찾아갈 수 있을 거예요.

그렇게 주도적인 삶을 찾아가며
스스로가 인생의 목표를 정하고
꿈을 좇아서 살아가 보세요.

과감하게
포기하는 것도 용기야

너무나 빡빡한 인생을 살다 보면
몸의 여유도 마음의 여유도 사라지곤 한다.

여유가 사라진 삶은 마음을 조급하게 하고
주변을 둘러볼 수 있는 시야를 좁아지게 만든다.

그렇게 삶에 여유가 없이 쫓기듯이 살아가다 보면
놓치는 것들이 많아지기 마련이다.

소중한 사람과의 관계
몸도 마음도 건강한 삶
몇 번 찾아오지 않은 인생의 기회

현명한 인생을 살기 위해서

하고 싶은 건 과감하게 시도하고
아니다 싶으면 계속해서 붙잡지 말고
과감하게 버릴 수 있어야 한다.

쓸모없는 물건을 버린 자리에
새로운 물건을 채울 수 있듯
인생도 역시 비움이 필요하다.

제대로 비울 수 있어야
제대로 채울 수 있는 법이다.

제대로 된 인생을 살기 위해서
과감하게 포기할 수 있는 것 또한
삶의 큰 용기다.

나를 위한 시간

하고 싶은 일도 많고
해야 할 일도 많은데
하루는 참 짧다.

바쁘면 마음이 조급해지기 마련이고
무엇을 위해 살아가는지조차 잊은 채
그냥 앞만 보고 달려가게 된다.

그리고 결국에는 지쳐 쓰러지기 마련이다.

가끔은 그 누구도 신경 쓰지 않고
온전히 나만을 위한 시간이 필요하다.

자주가 아니어도 좋으니
아주 잠시라도 삶이 버거울 땐
당신을 위한 시간을 만들어라.

산책도 좋고
잠시 하늘을 보는 것도 좋다.

주변을 둘러볼 수 있는 시간
지친 삶에 활력이 되어주고
당신에게 여유를 가져다줄 것이다.

다정한 그 마음이 변치 않기를

아직 아물지 않은 상처들로
세상을 삐뚤게 바라보던 나에게
당신은 언제나 따스한 봄날의 햇살이었다.

가시 박힌 말, 극도의 경계심에도
한결같은 태도로 나에게 다정함을 건네던 당신은
그 누구보다 빛나는 사람이었다.

작은 빛 하나 없이 깜깜한 어둠 속
두려움으로 가득 차 있던 나에게
매번 당신이 보여준 그 진심은
내일을 살아갈 희망이 되어주었다.

이제는 내가 그 다정함을 나눠주고 싶다.

당신 역시 세상과 싸우다 지쳐 쓰러질 때
세상은 혼자 사는 것이 아니라는 것을
당신이 준 다정함이 곳곳에 남아 있다는 것을

이제는 내가 그 다정함을 알려주고 싶다.

당신의 다정함은 틀리지 않았다.

당신이 세상에 건넨 그 다정한 마음이
언제가 빛이 되어 사방으로 번질 테니까
그리고 당신으로 인해 세상이 변할 테니까.

요즘 세상에서는 찾아보기 힘든
너무나 따듯하고 소중한 마음이라서
나는 더욱더 그 마음을 지켜주고 싶다.

생애 처음으로 내게
다정한 세상을 알려준 당신의 그 마음이
앞으로도 변치 않았으면 한다.

따뜻한 말 한마디

내 마음이 길을 잃어
방황하고 있을 때
삶에 대한 확신이 없어
우울해하고 있을 때면

"지금도 넌 충분히 괜찮아."

당신이 살며시 건네준
그 위로의 말 한마디가
유난히 따뜻하게 느껴진다.

그래, 어쩌면
지금 이대로도 충분히 괜찮은데
괜한 욕심을 내진 않았을까.

지금까지 나를 힘들게 했던 건
세상도 타인도 그 무엇도 아닌
너무 잘하려고 했던 내 마음이 아닐까.

그 조급한 마음이
자꾸만 나를 괴롭혔나 보다.

나를 알아주는 그 사소한 관심과
가끔 들려오는 배려의 말 한마디
일상에서 느끼는 특별한 감정들이
힘든 내일을 이겨낼 힘이 되어준다.

삶의 의미

드라마틱한 인생이 아니어도 괜찮아.
지금의 삶도 나름의 의미가 있으니

일상에서 소소한 행복을 찾아
하루하루를 채워갈 수 있다면
그것만으로 이미 충분하니까

특별하지 않은 일상도 괜찮아.

내게 가장 특별한 건
바로 당신이니까.

셋.
함께라면
두려울 것 없지

부끄러움이 많아 좋은 점이 있다면,
달콤한 향이 쉽게 날아가지 않는다는 것이란다.

함께하기 위해 필요한 것들

누군가와 좋은 관계를 지속하기 위해서는

1. 믿음이 중요해

서로를 믿고 신뢰하는 마음이 그 관계를 더 단단하게 만들어.
한번 깨진 믿음은 되찾기 힘들거든.

2. 배려가 중요해

알게 된 시간이 길어지고 서로의 관계가 깊어질수록 상대를 배려하는
마음이 더 중요해. 배려가 없는 관계는 서로에게 상처만 남길 거야.

3. 진심이 중요해

마지막으로 거짓이 아닌 진심이 중요해. 거짓은 언젠가 드러나기
마련이거든. 당신의 마음이 거짓이라면 상대도 느끼게 될 거야.

누군가와 더 깊어져 간다는 것은
의외로 어렵지 않을 수 있다.

좋은 땐 진심으로 함께 웃어주고
슬플 땐 묵묵히 곁을 지켜주는 사람.
그것만으로 충분할 테니까.

더 깊어지게 될 인연과
더 짙어지게 될 사랑이
당신에게도 찾아오기를 바라.

너무 힘내려고 하지 마

지쳤다는 건 그만큼 노력했다는 것이고
힘들다는 건 힘낼 일이 많다는 것이에요.

노력하기도 힘을 내기도 어려울 땐
그냥 잠시 쉬어가도 괜찮아요.

너무 괜찮은 척 애쓰지 말아요.
힘이 들면 지금 힘들다고 말해주세요.

애쓰지 않아도 힘들다고 말해도
절대 삶이 무너지는 일은 없으니까

다시 힘을 내 살아가기 위해
꼭 필요한 시간임을 알아주세요.

그러니까 다시 괜찮아질 때까지
힘내서 살아갈 수 있을 때까지
충분히 쉬어가도 괜찮아요.

힘들 땐
사랑하는 사람을 떠올려봐

너무 지쳐서 다 포기하고 싶을 땐
진심으로 당신을 사랑해주는 사람을
한번 떠올려보는 거야.

그리고 그 사람과 함께했던 시간
함께 나눴던 대화를 떠올려봐.

함께하고 싶은 마음이
그 사람을 지키고 싶은 그 마음이
다시금 살아갈 이유를 만들 테니까.

함께라면 더 멀리 갈 수 있어

혼자서는 빨리 갈 수 있지만
함께 간다면 더 멀리 갈 수 있다.

물론 빠르게 가고 싶었던 적이
없었던 건 아니지만

모든 것이 빨라진 요즘에는
느긋하게 주위를 둘러볼 수 있는
여유로운 상태가 자연스레 더 좋아졌다.

이 넓은 세상에
만약 당신이 홀로 남겨졌다고 생각해봐.

인생이 너무 따분하지 않을까?

함께이기에 더 빛나는 세상이니
너무 조급하게 생각하지 말고

조금은 느리더라도 우리,
더 오랜 시간을 함께하자.

힘든 일이 있니?
언제든 들어줄게~

모두에게 좋은 사람이 될 필요는 없어

모든 사람에게 좋은 사람이 되려고
노력할 필요는 없다.

당신을 아껴주고 사랑하는 이들을 위해
현명하게 인간관계를 할 수 있어야 한다.

너무 아낌없이 나눠주다 보면
결국 몸도 마음도 지치기 마련이다.

스쳐 가는 사람에게는 조금 무뚝뚝해도 좋으니
당신의 곁에서 힘이 되어주는 사람에게는
더 정성껏 마음을 나눠주도록 하자.

사랑한다고 말해요

유난히도 밝은 성격에
항상 웃고 있는 사랑스러운 당신

당신을 알게 되고
내가 이렇게나 웃음이 많은 사람인지
이렇게 말이 많은 사람인지 처음 알았어요.

그대와 함께 있으면
진짜 나의 모습이 나오는 듯해요.

고마워요, 나에게 찾아와줘서.

지친 나에게 그늘이 되어주는

햇살처럼 빛나는 당신을

나는 너무나 사랑합니다.

우리가 만난 이유가 있겠지

만나야 할 사람은 반드시 만나게 된다.

다시는 못 볼 거라고 생각했던
스쳐 지나갔던 인연이
둘도 없는 사이가 되기도 하고

하루라도 못 보면 죽을 것 같던
사랑하던 연인이 하루아침에
남이 되어버리기도 한다.

인연이 아닌 사람은
붙잡으려 노력할수록 지치기 마련이다.

꼭 지금이 아니어도
만나야 할 사람은 만나게 되어 있다.

그러니 당신의 곁을 지키는 사람을 소중히 여기고
지금 이 순간에 최선을 다하도록 하자.

진심으로 응원해주는 사람

"너는 안 돼"가 아니라
"너니까 돼"라고 말해주는 사람

근거 없는 나의 자신감에도
무조건 "할 수 있어"라고 말해주는 사람

좌절하고 낙담하고 있을 때
"다음엔 더 잘할 수 있어"라고 말해주는 사람

당신이 슬픔에 빠져 있을 때
함께 울어줄 수 있고
당신에게 좋은 일이 생겼을 때
진심으로 응원해줄 수 있는 사람

만약 그런 사람이 곁에 있다면
그 사람은 절대 놓치지 말아야 한다.

그리고 당신 역시 그 사람에게
똑같은 사람이 되어주기를.

내 용기를 지켜줘서 고마워

바쁘게 살아가다 보면
주변을 둘러볼 틈이 없다.

나 자신 하나 돌보기 힘든
이 삭막한 세상에서
누군가의 삶을 거짓 없이 응원할 수 있다는 것

그런 당신은 정말로 복 받은 사람이다.

진심 어린 응원을 받으면
에너지를 얻는다.

덕분에 나는 다시 용기를 내서
하나씩 해보려고 해.

물론 서툴고 어색할지 몰라.
하지만 이런 모습 역시 나니까
그냥 멋지게 도전해보려고 해.

앞으로도 날 응원해줄 수 있겠니?

이제는 내가 당신을 지켜줄게요

철없고 어린 내게
든든한 울타리가 되어주던 사람

아무런 조건도 없이
자신의 삶은 뒤로 미뤄둔 채
나를 지켜주던 당신

나이가 들어가며
예전과는 다르게
약해지는 모습을 보니
마음이 너무나 아파옵니다.

조금 늦었지만 이제라도
서툰 제 사랑을 표현하려고 합니다.

당신에게 배운 그 마음에
이제는 보답하려고 합니다.

너를 만나 나는 참 행복해

나에게 사랑을 알려줘서 고마워.

너를 만나고서야 나는
진짜 사랑하는 법을 배웠어.

살다 보면 뜻하지 않은 일이
우리 앞을 갈라놓을 수도 있겠지만

우리의 이 마음이
앞으로도 변치 않았으면 좋겠어.

너를 만나
나는 참 행복해.

당신의 의미

앞이 보이지 않는
깜깜한 좌절의 순간에도
꿋꿋이 이겨내고
오히려 날 향해 웃어주던 당신,

나를 보며 해맑게 웃어주는
당신의 그 미소를 바라보니
오늘 느꼈던 복잡한 감정이
저 멀리 날아가버리는 듯해요.

메말랐던 사랑의 감정도
포기하고 싶던 마음도

당신의 그 미소가
오늘도 나를 살게 합니다.

넓은 인간관계가 불편할 때

많은 사람을 만나며
새로운 경험을 쌓는 것도 중요하지만
한 번에 많은 사람을 만나는 만큼
상처를 받게 되는 경우도 많다.

만약 당신이 인간관계에
회의를 느끼고 있다면

넓은 관계보다는
깊은 관계를 맺어보기를 바란다.

정말로 힘들 때
큰 힘이 되어주는 사람은
곁을 지켜주는 한두 사람이다.

그들과 함께 대화를 나누고
그들과 함께 웃고 떠들며
살아 있다는 것을 느껴라.

깊어지는 관계만큼
당신의 자존감 또한 커질 것이다.

당신의 선택은 틀리지 않았다

무엇이 그렇게 조급하게 만들고
또 무엇이 그리 불안하게 만든 걸까.
너무 눈에 보이는 현상에 집중하다 보면
정작 본질을 놓치는 상황이 생긴다.

막연히 잘해야 하는 압박감은 버리고
지금도 충분이 괜찮다는 낭만으로
오늘 하루를 더 유난스럽게 살아보자.

자신의 삶을 믿어주고
소신대로 살아갈 수 있다면
확신을 갖게 될 것이다.

당신의 선택이
틀리지 않았다는 것을.

넷.
작은 용기만 있다면
뭐든 해낼 수 있어

오랜 끈기와 노력만 있다면
어떤 평범한 쿠키라도 멋지게 성장할 수 있어!

작은 용기가 모여
변화를 만들어

당신이 지금
아주 작은 용기를 낼 수 있다면

그 용기가 모여
세상을 변화시킬 수 있어.

나는 당신의 꿈을 응원합니다

그 누가 뭐라 해도
당신의 소중한 꿈을 응원해.

거창하지 않은 꿈이라도 좋아
일단은 시작하는 게 더 중요하니까.

처음엔 막연할 수 있겠지만
하나씩 이뤄가다 보면
더 큰 꿈을 마음에 품을 수 있어.

그렇게 당신의 인생도
꿈과 함께 만들어질 테니까.

물론 당신이 꿈을 이루는 과정이
절대로 쉽지만은 않을 거야.

하지만 그 과정 역시
당신 꿈의 일부라는 것을 알았으면 해.

그 언젠가
무심코 지나온 시간을 되돌아봤을 때

'참 괜찮은 삶을 살았구나.'

분명 더 행복하고 뿌듯한
감정을 느낄 수 있을 테니까.

포기가 쉬운 당신에게

만약 당신이 호기심은 넘치지만
뭐든 쉽게 포기하는 성격이라면

조금 느려도 좋으니
다음에 뭔가를 결심했을 때
한번쯤은 목표를 정해놓고
반드시 이뤄봤으면 좋겠어.

중간에 자꾸 포기하는 것도
습관이 될 수 있거든.

그러니 지금까지 스스로가 만들어놓은
한계를 넘었으면 좋겠어.

물론 모든 것이 처음이라
그 과정이 힘들 수 있겠지만
한번 끝까지 해내고 나면
생각하지 못했던 값진 결과를 얻을 수 있어.

그리고 목표를 이뤄낸 경험들이
앞으로의 삶에도 분명 도움이 될 거야.

물론 아니다 싶은 것은 빨리 포기하는 게 좋지만
끈기가 없어서, 또 쉽게 결과가 나오지 않는다고
습관적으로 중간에 포기하는 것은 좋지 않아.

그렇게 되면 포기가 습관이 되고
자책하게 되니까.

무슨 일이 있어도 한 번은 끝까지 해보는 거야.
더 이상은 자기 자신에게 지지 않았으면 해.

실패가 성공으로 가는
계단이 될 거라고 믿어요!

가슴이 뛰는 일을 해보자

매일 반복되는 일상이 무기력하고
삶에 권태가 느껴진다면

한 번쯤, 당연한 시간에서 벗어나
가슴 뛰는 일을 찾았으면 좋겠어.

시작은 거창하지 않아도 좋아.

평소 걷지 않던 길을 걷는다거나
전혀 연고가 없는 지역으로 훌쩍 떠난다거나
지금 당장 할 수 있는 일을 해봐.

자신의 삶을 스스로 개척해나가는 것
그것만큼 가슴 뛰는 일이 있을까?

한번 지나간 시간은
다시 돌아오지 않아.

너무 늦어 시도조차 할 수 없는
그런 시간이 다가오기 전에

지금 바로
당신의 가슴을 뛰게 할
새로운 도전을 해보는 거야.

지도에는 아직 보이지 않는
새로운 세상을 만들어가는 거야.

결말은 해피엔딩이니까

당신 삶의 주인공은 당신이니까
누구도 대신해서 살 수 없어.

영화나 드라마에서 보면
원래 주인공이 삶이 그렇잖아.

온갖 역경과 고난을 이겨내고 나면
세상 멋진 백마 탄 왕자님을 만나고
눈부시게 아름다운 공주님을 만나고
결국에는 해피엔딩으로 끝나게 되잖아.

인생이 마음처럼 안 된다고 하지만
스스로 결정할 수 있는 일은
두려워하지 말고 일단 용기를 내봐.

일단은 해보는 거야

어차피 해야 할 일이니
우리 피하지 말고
그냥 멋지게 한번 해보자.

그 누구도 아닌
스스로 선택하는 거야.

너 자신을 믿어봐.
충분히 잘할 수 있어.

좀 부족하면 어때,
누구든 배우면서 성장하는 건데.

처음에는 누구나 실수하기 마련이고
어색한 게 당연한 거니까 너무 걱정하지 마.

부끄러운 건 잠깐이지만
하지 못한 것에 대한 후회는
생각보다 오래 남거든.

그러니 이제 그만 망설이고
일단 해보는 거야.

승리를 만들어내겠어!

내일의 나는 더 빛날 테니까

오늘은 조금 서툴러도 괜찮다,
내일의 나는 더 능숙하게 해낼 테니까.

오늘은 조금 흔들려도 괜찮다,
내일의 나는 더 단단한 마음을 가질 테니까.

오늘은 조금 슬퍼해도 괜찮다,
내일의 나는 누구보다 더 행복하게 웃을 테니까.

오늘의 슬펐던 이 마음도
막연한 내일에 대한 두려움도

조금은 서툴고
조금은 흔들리고

조금은 슬프더라도

눈부시게 빛나는 그날을 상상하며
다시금 마음을 다독여본다.

너와 함께하고 싶어

오색 빛 영롱한 바다가
눈앞에 보이는 해변에 가만히 누워
파도가 치는 소리를 듣는다.

따스한 햇살은 나를 비추고
살랑살랑 바람이 불어온다.

고요하고 잔잔한 그 느낌이
내 마음을 평온하게 만든다.

너와 함께한다는 건
나에게는 그런 의미야.

상상만으로도
가슴이 벅차오르는
행복한 느낌이 들어.

네가 가져다준 시간이
내겐 너무나 큰 선물이야.

너와 함께 있으면
내 모습은 더 빛나게 돼.

오늘도
내일도
너와 함께하고 싶어.

당신의 한 걸음

지금 한 발을 떼지 못하는 것은
당신이 용기가 없기 때문은 아닙니다.

그 한 걸음이 아직 어색하기 때문입니다.

두려워하지 말고 저 앞을 바라보세요.

그리고 느리더라도 조금씩 걸어보세요.

한 걸음씩 걸어가다 보면
언젠가 당신의 길이 될 거예요.

오직 당신만이 그 걸음을
나아가게 할 수 있습니다.

내 마음이
다치지 않기 위한 노력

우리는 주변 사람들에게 피해를 주기 싫어서
배려하는 마음으로 상대가 불편하지 않게
누군가에게 맞추며 살아가는 것에 너무나 익숙하다.

하지만 타인을 배려하기 전에
자기 자신을 배려할 수 있어야 한다.

남에게는 관대하고 나에게는 유독 엄격한 사람은
시간이 지날수록 마음에는 여유가 사라지고
자신을 있는 그대로 사랑하지 못하는 사람은
타인과 관계를 맺는 것도 힘들어질 수밖에 없다.

건강한 관계는
어느 한쪽이 노력하고 맞춰야 하는 관계가 아니다.

기울어진 저울이 균형을 맞출 때
한쪽을 덜어내거나 다른 한쪽에 무게를 더하듯
우리의 삶도 마찬가지다.

타인에게 관심을 갖고 표현하는 만큼
자신에게도 관심을 갖고 표현하자.

당신의 봄

우리의 봄은 이제부터 시작이다.

내면의 어두움에 겁먹지 말고
있는 그대로 나를 마주하자.

그 어둠 역시 나의 일부니까
그 사실을 인정하면 더 밝아질 테니까.

조금 헤매고, 조금 더딜 수는 있겠지만
나대로 살아가보려고 노력한다면
당신의 봄은 이제부터 시작될 것이다.

멋진 어른이 아니어도 좋아

어린 시절엔 어서 나이가 들어
멋진 어른이 되고 싶었다.

그리고 당연히 나이가 들면 나도
멋진 어른이 될 줄 알았다.

생각보다 시간은 빨리 흘렀고
생각보다 어른이 되긴 쉬웠다.

나는 생각보다 멋진 어른도 아니었고
어른이라고 다 잘하지도 않았다.

여전히 부족한 게 많고
아직도 세상을 배워가는 중이다.

어른인 척, 애써 괜찮은 척하지 않고
그저 나답게 하루하루를 살아가며
오늘도 조금씩 성장하는 중이다.

다가올 행복을 위해

유난히 더 내가 한심하게 느껴지는 날이 있다.

남들은 웃고 떠들며 행복해 보이는데
매일 나아지지 않는 상황과
좀처럼 바뀔 것 같지 않은 현실에
나의 세상은 온통 흑백으로 가득 차 있다.

많이 경험했으니 익숙해질 법도 한데
그만큼 발버둥 치고 힘들었으면
이제는 좀 행복해질 것도 같은데
불행은 늘 예상치 못한 곳에서 찾아온다.

울컥하는 감정을 추스르며
내일은 더 괜찮아지겠지
애써 웃어보려고 하지만
그것도 잠시, 이제는 너무나 지쳤다.

누구에게나 그런 순간이 찾아온다.

자존감은 바닥을 치고
세상에 내 편은 하나도 없고
삶은 내 맘처럼 풀리지 않는 순간

당장은 버텨낼 힘이 없고
깜깜한 어둠뿐이겠지만

버티다 보면 반드시 지나가고
시간이 흘러 오늘의 절망조차
추억하며 웃을 수 있는 날이 찾아온다.

눈앞에 있는 절망에 지지 말고
앞으로 다가올 행복을 위해서
오늘도 당신이 이겨내기를 바란다.

내가 어떤 걸 만들어
내는지 잘 보라고~!

충분히 잘하고 있어요

지금도 충분히 잘하고 있으니까
남들의 시선에 너무 신경 쓰지 마세요.

사소한 것들까지 신경 쓰며 살다 보면
정작 정말 중요한 것들을
놓치는 순간이 많아질 테니까요.

지금 당신이 지쳤다는 건
그 누구보다 쉴 틈 없이 살아왔다는 것이고
지금 당신이 힘들다는 건
그만큼 쉴 새 없이 달려왔기 때문일 거예요.

사람마다 세상을 살아가는 속도가 각기 다르니까
남들보다 조금 느리다고 조급해할 필요 없어요.

느리다고 잘못된 길을 가고 있는 것이 아니고
빠르다고 올바른 길로 가고 있는 것이 아니니

우선 당신만의 목표를 정하고
그 목표에 조금씩 다가가보는 거예요.

그 목표를 이루기 위해서는
무엇보다 스스로에 대한 믿음과
조금 느리더라도 포기하지 않고
목표까지 갈 수 있는 끈기가 필요해요.

물론 그 길이 쉬운 길이 아닐지도 몰라요.
하지만 해내지 못할 이유도 없답니다.

살아왔던 인생을 의심하지 말고
더 큰 행복으로 나가기를 바라요.

조금 서툰 삶이라도 괜찮다

인생이란 서투름의 연속이고
부족함을 이겨내기 위한 연습하는 과정이다.

아무리 노력해도 잘되지 않는 일도 있고
잘하려고 하면 할수록 더 엉켜버릴 수도 있다.

너무 지쳐서 때론 무너져 내리기도 하고
자책하며 삶을 원망하기도 한다.

그렇다고 너무 낙심하진 않았으면 한다.

지금 살고 있는 인생은 누구나 처음이고
처음이기에 서툰 것이 당연하다.

서툴고 부족한 경험이 모여
당신의 마음을 더 단단하게 만들고
앞으로 나아가게 만드는 힘이 되어줄 것이다.

겨우내 움츠리고 얼어 있던 땅이
봄의 따스한 기운을 받아
더 아름다운 꽃을 피워내는 것처럼

당신의 인생 역시 피어날 것이며
당신에게도 반드시 봄이 찾아올 것이다.

부록. 한 조각의 위로

쿠키의 추억

용감한 쿠키

ESTP의 단짝

모험을 즐기는 사업가

관대하고 개방적인 자세로 타협책을 모색하고
문제를 해결하는 능력이 뛰어나요.
센스 있고 유머러스한 당신은 삶의 모든 유형을
즐기고 에너지가 넘쳐요!

허브맛 쿠키

INFJ의 단짝

통찰력 있는 선지자

세상의 모든 생명과 매 순간이 소중하다고 생각하는
당신, 높은 통찰력과 직관력으로 화합을 추구해요.
풍부하고 감성적인 성격으로 관계 중심의 가치를
중요하게 생각해요.

INFP의 단짝

열정적인 중재자

차분하고 창의적이에요. 낭만적이지만 내면에는 깊은 열정을 품고 있는 당신은 언제나 사려 깊고 상냥한 태도로 분위기를 부드럽게 만들지요.

슈크림맛 쿠키

양파맛 쿠키

음유시인맛 쿠키

INTJ의 단짝

용의주도한 전략가

항상 모든 일에 의문을 던지고 더 좋은 방법을 찾아나서요. 새로운 아이디어에 강한 의지를 더해 어떤 어려움에 부딪혀도 이겨낼 수 있다는 믿음을 잃지 않아요.

다크초코 쿠키

연금술사맛 쿠키

감초맛 쿠키

ISTP의 단짝

논리적인 사색가

과묵하고 절제된 호기심으로 상황을 파악해요. 다소 냉소적이고 차가워 보일 수도 있지만 객관적이고 합리적인 선택으로 주체적인 삶을 이끌어 나가요.

블랙베리맛 쿠키

ISTJ의 단짝

청렴결백 논리주의자

신중하고 책임감이 있어요. 반복되는 이상적인 일에 대한 인내력이 강하고 주어진 임무를 철저하게 완수하려고 노력해요. 근면성실한 당신은 늘 주변인들의 신뢰를 받고 있어요.

ENFJ의 단짝

정의로운 사회운동가

온화하고 사교성이 풍부해요. 다른 사람들의 생각과 의견에 관심을 가지고 편안한 태도로 모든 이와 잘 어울려요. 끝내 지쳐 쓰러지는 순간에도 다른 쿠키들을 위해 축복의 가호를 내릴 만큼 숭고한 마음씨를 가지고 있어요.

라떼맛 쿠키

우유맛 쿠키

ENFP의 단짝

재기발랄한 활동가

정열적이고 활기가 넘쳐요. 넉넉한 마음씨에 사랑이 넘치는 당신은 항상 새로운 가능성을 찾고 시도하지요.
사람들을 기쁘게 해주는 일에서 보람을 느끼며 환하게 웃는 당신 주변엔 늘 행복한 일들이 가득하네요.

파르페맛 쿠키

쿠키들이 전하는 롤링페이퍼

이런 날도 있는 거죠,
다음에 잘하면 돼요!

포기하고 싶은
순간도 있겠지만…
우린 결국
해낼 거예요!

곁에 있어줘서
고마워.

가호를
빌게요.

너다운 모습이
제일 좋아!

너만의
답을 찾게 될 거야.

이제 네 옆자리는
내 거다! 킥킥…

넌 승리도
만들어낼 수 있다고.!

사소한 이야기란 없어.
너의 작은 이야기가 모여
장대한 시가 되는걸

고생하셨습니다.

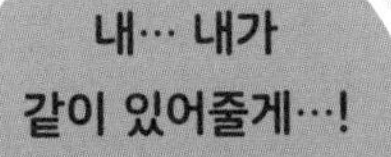
내… 내가
같이 있어줄게…!

날 불렀나…?

세상에서 가장
달콤한 토핑만큼
너를 사랑해!

용기를, 구워줄게!

용기 쿠키 재료

무염버터 120g
자신감 100g
꿈 50g
회복력(실온) 1개
다정함 시럽 1/2 작은 스푼
중력분 160g
사랑 소다 1/2 작은 스푼
설렘 한 꼬집
행복칩 110g

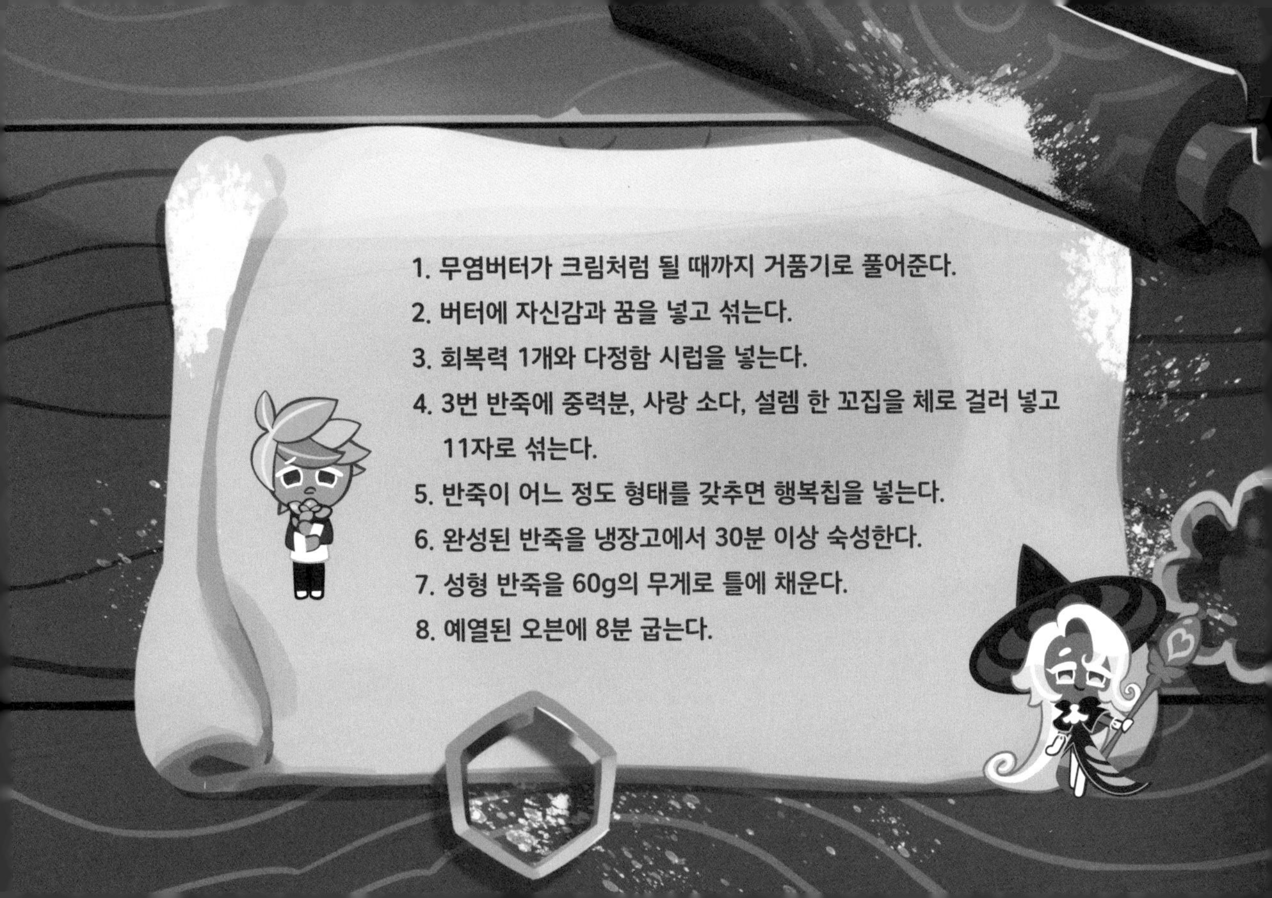
1. 무염버터가 크림처럼 될 때까지 거품기로 풀어준다.
2. 버터에 자신감과 꿈을 넣고 섞는다.
3. 회복력 1개와 다정함 시럽을 넣는다.
4. 3번 반죽에 중력분, 사랑 소다, 설렘 한 꼬집을 체로 걸러 넣고 11자로 섞는다.
5. 반죽이 어느 정도 형태를 갖추면 행복칩을 넣는다.
6. 완성된 반죽을 냉장고에서 30분 이상 숙성한다.
7. 성형 반죽을 60g의 무게로 틀에 채운다.
8. 예열된 오븐에 8분 굽는다.

쿠킹 타임

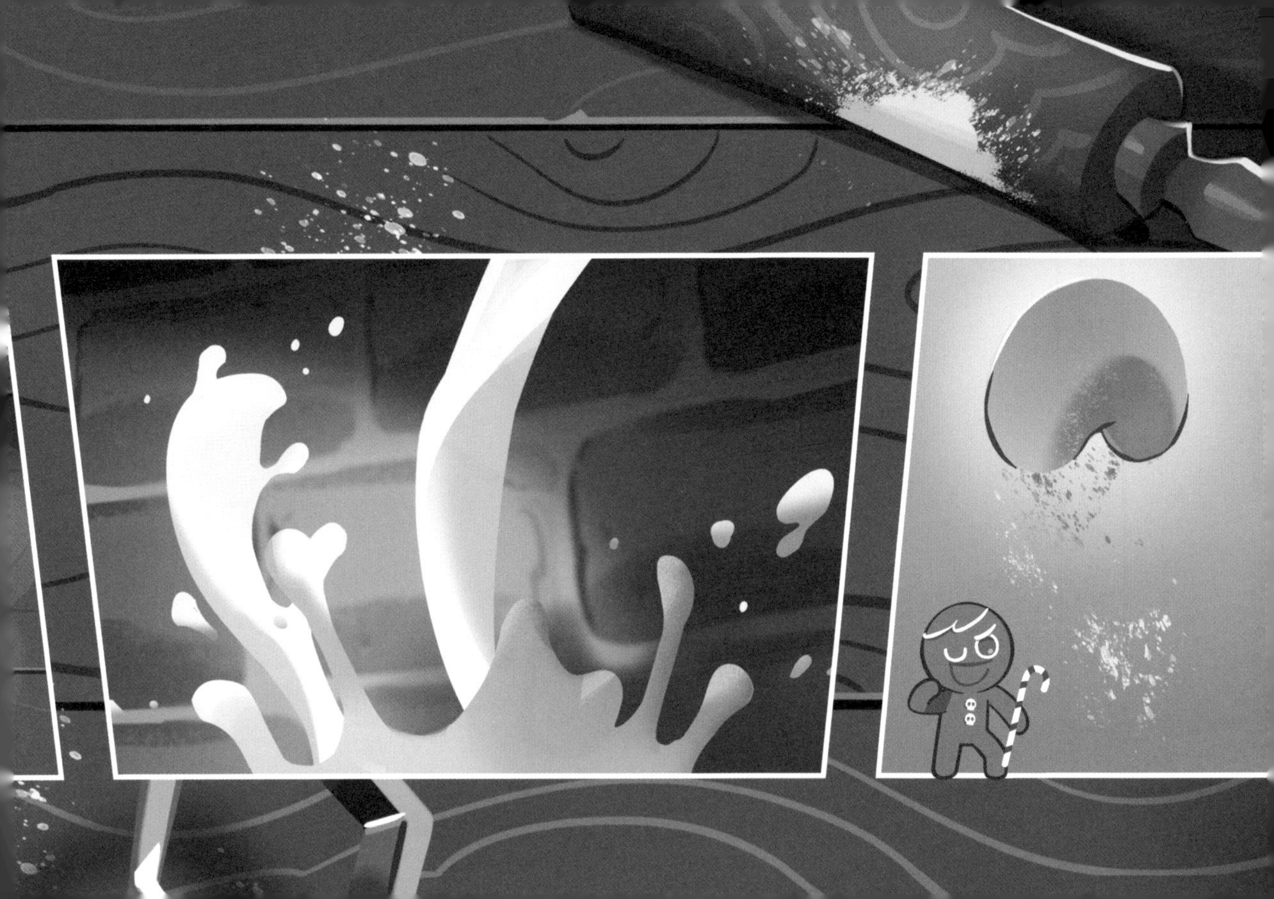

달콤, 바삭! 나만의 쿠키

• 자유롭게 커스텀하여 나만의 개성이 담긴 쿠키로 꾸며주세요.

"어때? 너만의 근사한 쿠키가 만들어졌니?
네가 어떤 모습이든, 언제나 너를 응원할게."

이것 하나만은 기억해줬으면 해.

당신은 세상의 하나뿐인 주인공이고 존재만으로 충분히 빛나기에 사랑받아 마땅해.

그러니 결코 스스로를 의심하지 마. 끝까지 용기를 잃지 않는다면 결국엔 길이 보일 테니까.

세상이 유난히 캄캄하게 느껴질 때, 현실이라는 벽에 '쾅'하고 부딪혔고, 그 순간 너무나 무능한 저를 만났습니다.

나 자신에게 용기를 주고 싶어, 다시 살아갈 이유를 찾기 위해 글을 쓰기 시작했습니다.

처음에는 그냥 하루에 한 번 나에게 주는 응원의 메시지를 담은 글이었습니다. 짧을 땐 몇 글자에 불과했고 가끔은 말도 안 되게 유치한 글도 있었지만 그것 역시 있는 그대로의 나였기에 꽤 괜찮았습니다.

누구보다 변화가 간절해서 그랬는지 몰라도 글을 쓰기 시작한 후로 삶에는 많은 변화가 생겼습니다.

주변과 비교를 하며 자책하던 버릇을 버리고, 있는 그대로 나 자신을 사랑할 수 있었고, 글쓰기 모임을 만들며 잘하는 일로 돈을 버는 법도 배웠습니다. 그리고 세상과 싸워도 크게 다치지 않는 단단한 마음을 갖게 되었습니다.

그렇게 시간이 흘러 저는 작가가 되었습니다. 제 글을 통해 더 많은 사람이 살아갈 용기를 얻고 삶의 변화를 만나기를 바라며
오늘도 한편의 글을 써 내려갑니다.

KI신서 11137

쿠키런, 용기를 구워줄게!

1판 1쇄 인쇄 2023년 9월 15일
1판 1쇄 발행 2023년 10월 4일

지은이 권글
펴낸이 김영곤
펴낸곳 (주)북이십일 21세기북스

콘텐츠개발본부이사 정지은
인생명강팀장 윤서진
인생명강팀 최은아 강혜지 황보주향 심세미
디자인 강경신
출판마케팅영업본부장 한충희
마케팅2팀 나은경 정유진 박보미 백다희 이민재
출판영업팀 최명열 김다운 김도연
제작팀 이영민 권경민

출판등록 2000년 5월 6일 제406-2003-061호
주소 (10881) 경기도 파주시 회동길 201(문발동)
대표전화 031-955-2100 **팩스** 031-955-2151
이메일 book21@book21.co.kr

ISBN 979-11-7117-092-0 03810